Haricot
Vertien
Céleri
Camouflage
Verdi
Wagver
Presquevert
Sirena
Vétiver
Tisane
Vertdormant
Menthol
Moussy
Estragon
Vertu
Vert
Amandine
Prairie
Pistachio
Vertgourmand
Poire
Turquoise
Grenouille
Crotte de nez
Poirot
Émeraude
Vertigo
Pas-mûr
Trouvère
Ciboulette

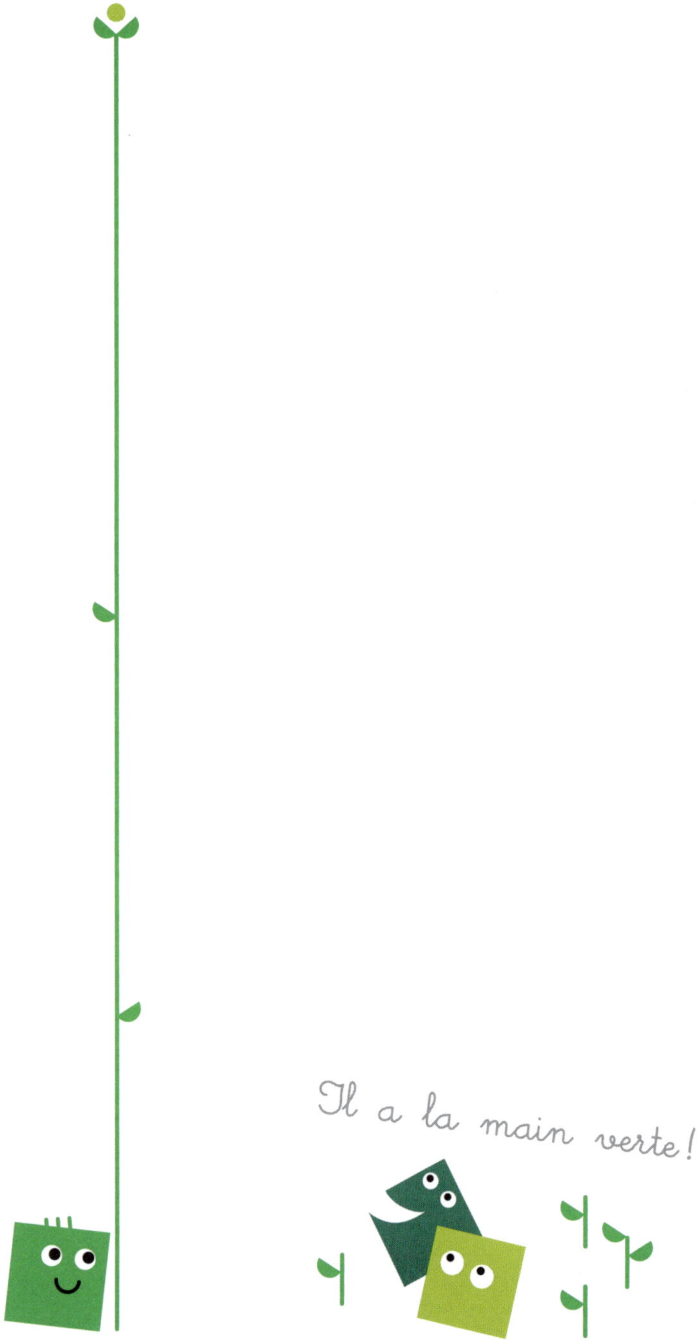

Loi n°49-956 du 16 juillet 1949 sur les publications destinées à la jeunesse.

Dépot légal 2e trimestre 2016
ISBN : 978-2-35284-166-1

Denitza Mineva

Les TOUVERTS

la cabane sur le chien
ÉDITIONS DU JASMIN

Dans le pays vert vivent les Touverts.
Ils ne connaissent que la couleur verte.

Ne demandez pas pourquoi,

C'EST COMME ÇA !

Tout est vert : ils l'ont appris de leurs pères
qui, eux-mêmes, l'ont appris de leurs pères...

L'univers entier est vert.

Ça, c'est clair, Fougère.

Fais dodo,
Menthe à l'eau !

Une souris verte,
qui dormait dans l'herbe...

Seuls les enfants remarquent parfois
une rose rouge par-ci, un nuage gris par-là.
Mais malheur au petit Touvert qui demande :

Qu'est-ce que c'est?

Ce n'est rien du tout !

répond vertement l'adulte

Arrête de rêver et remets ton pull-over.

Il faut dire que
le peuple Touvert distingue un million
de nuances de... vert

soigneusement rangées dans des musées,
dans des livres, dans des dictioverts
racontant en prose et en vers
la vie et la gloire des Touverts.

Vert prairie	Vert bouteille	Vert turquoise	Vert kaki	Vert gazon	Vert menthe à l'eau
Vert olive	Vert asperge	Vert sapin	Vert tilleul	Vert jade	Vert pomme
Vert d'eau	Vert menthe	Vert Véronèse	Vert amande	Vert printemps	Vert citron vert
Vert émeraude	Vert pistache	Vert malachite	Vert perroquet	Vert anis	Vert épinard

Quelle di-vert-sité !

C'est vermeilleux !

Ainsi va la vie verte des Touverts,
monotone, monochrome.

ET SI

un jour, un imprévu
bousculait leurs vertitudes?

Imaginons qu'un jour ensoleillé...
le petit Vert, dans le verger, sirote un thé à la menthe,
quand soudain il reçoit un coup sur la tête.

Saperlipopette !

C'est Rouge qui, en cueillant des pommes rouges,
tombe du pommier.

Bing !
Paf !
Bang !

Vert et Rouge sont nez à nez,
tellement secoués qu'

ILS SE VOIENT !

Vert n'y comprend rien.

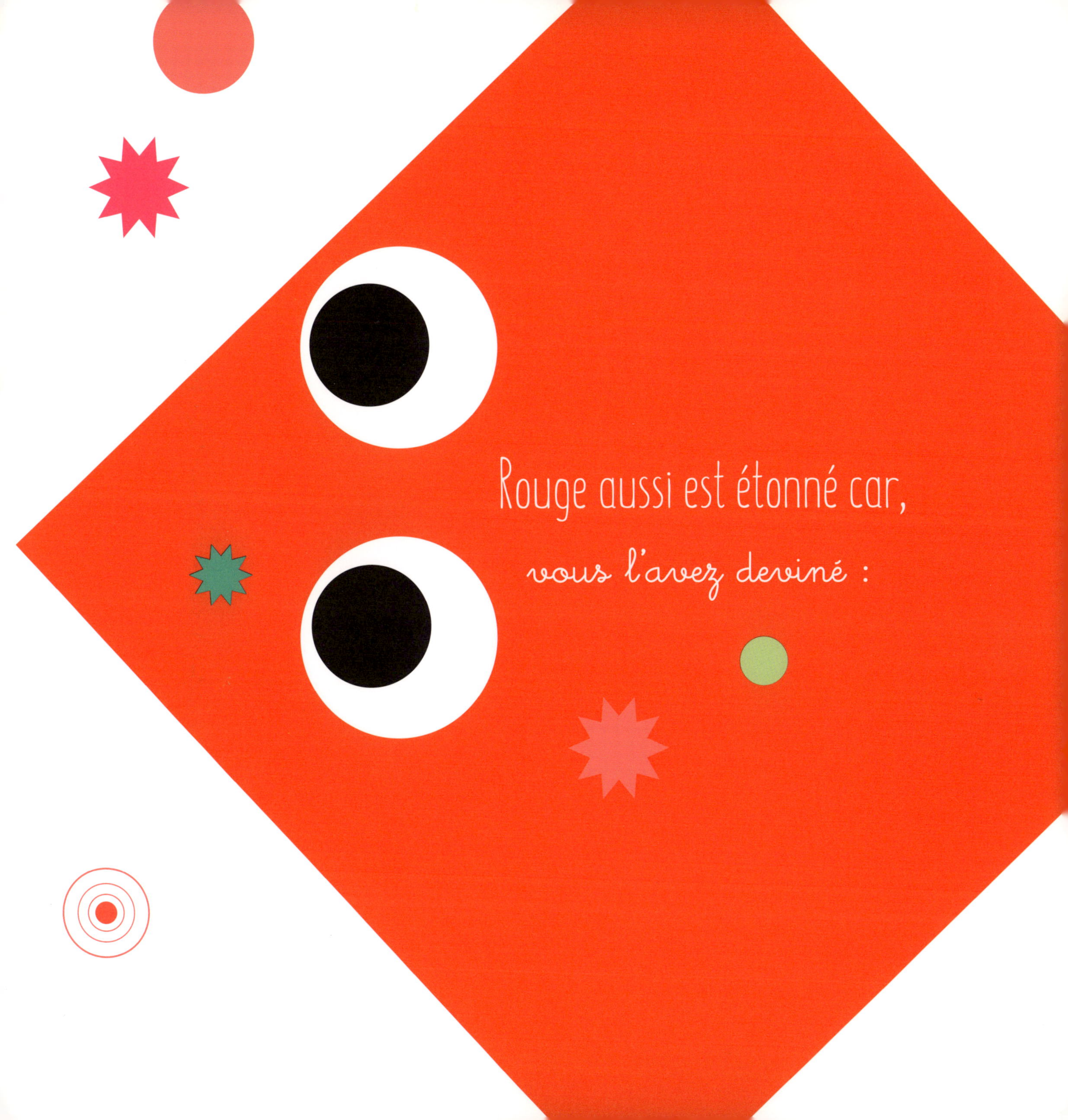

Rouge aussi est étonné car,

vous l'avez deviné :

Les Tourouges, comme les Touverts,
voient le monde entier dans leur couleur.

Ça bouge
chez les rouges !

On y va, Rosa ?

Je ne peux pas,
j'ai attrapé la rougeole.

Moi c'est Fraise qui me
donne des boutons !

Quand je te vois,
je rougis, mon cœur
bat plus vite...

Et ils ne sont pas les seuls...

Chaque couleur vit dans son petit monde,

sans jamais apercevoir les autres.

Pourtant, aujourd'hui
Rouge et Vert deviennent amis !

Et maintenant ?

Vert, qui a vu Rouge, part furieux
car chez les Touverts, toujours,

on croit dur comme verre :

Il n'y a que du vert !

Mais ça pourrait se passer autrement :
les Touverts découvrent Rouge
avec étonnement et joie.

Alerte verte !
Une couleur inconnue.

On nous a raconté
des vertes et des pas mûres.

Qu'elle est belle !

J'en suis tagada !

C'est la cerise
sur le gâteau.

Je suis un Touvert
pris au dépourvert !

Avec deux couleurs, l'histoire devient plus drôle !
Les Touverts font des découvertes pas vertes :

capucines, roses, grenadine,
groseilles, couchers de soleil...

On veut voir encore plus
de nuances de rouge !

Jade, Pin et Courge
lisent «Le Petit Chaperon Rouge»

Verte-Mamie
brode des radis

Pour l'anniversaire de Véronèse
on déguste un gâteau aux fraises

Vertoune fait le clown

Vertcoquette se fait belle
avec du rouge à lèvres

Rrrr

Tu es blanc
comme un linge

C'est qu'il me fait
une peur bleue
ce Vert de rage

Et comme c'est parti, petit à petit
les autres couleurs aussi
sortent de leurs bulles colorées
et finissent par se rencontrer.

Ah, les goûts
et les couleurs...

Je vois
la vie en rose

Tiens, un cordon-bleu !
On en voit de toutes les couleurs !
Enchanté, je suis Marron Glacé
Arrête de faire grise mine dès qu'on voit un rouge !

Est-ce la guerre des couleurs...

... ou l'harmonie, la paix ?

À vous d'imaginer !

Paprika
Pamplemousse
Popcorn
Bisou
Céleri
Funky
Éponge
Rhododendron
Tapenade
Nuage
Kaki
Gruyère
Chamallow
Fleur bleue
Blanche
Aimée
Jade
Sorbet
Rose
Iris
Céleste
Louve
Capucine
Gouda
Bouchon
Calypso
Brique
Biscotte
Chips
Prune